「怪盗(かいとう)アルセーヌ・ルパン」の世界(せかい)へようこそ!

作／モーリス・ルブラン
編著／二階堂黎人　絵／清瀬のどか

Gakken

一つのつくえから、
事件は始まる

ただの古いつくえ……!?

事件ナビ
この本に出てくる事件をしょうかいしよう!

エピソード01
古づくえの宝くじ

高校の教師ジェルボワ先生が買ったつくえは、かなり使いこまれた古いもの。そんなつくえをねらう人物たちがいた——。

ジェルボワ先生
「シュザンヌに、このつくえをプレゼントしよう。」
高校の教師。まごのシュザンヌと二人でくらしている。

シュザンヌ
「まあ、すてきなつくえ。気に入ったわ。」
ジェルボワ先生のまごむすめ。やさしく、かしこい。

ルパンの時代のアイテム

この本の二つの物語は、1900年代初めのフランスが舞台。事件にも登場する、ルパンの時代ならではのアイテムをしょうかいするよ。

新聞

テレビやラジオ、パソコンもない時代、ただ一つといってもいい、人々が情報を得られる手段。

ルパンは新しいものが大すき！

物語に、電話や車、飛行機、ときにはオートバイも登場するけれど、じつは当時、最先たんのもの。開発されたばかりのものを、どんどん取りいれたよ。

電報

電気で信号を送って、メッセージをとどける仕組み。

荷馬車

荷物を運ぶための馬車。現代のトラックのようなもの。

もくじ

エピソード01 古づくえの宝くじ

エピソード
02

あらわれた名探偵

※この本では、児童向けに、一部登場人物の設定やエピソードを変更しています。

プロローグ

パリからいなかへ向かう道を、一台の馬車が走っていました。乗っているのは、あちこちで、ぬすみをはたらいている、どろぼう二人組み。こそこそと、たいして価値のない物ばかりねらっています。

「あっ、あれは、なんだ!?」

とつぜん、どろぼうの一人が目を見開き、前を指さしました。空からばく音とともに、小さなプロペラ飛行機がまいおりてきて、まっすぐこちらへつっこんできたからです。

「うわあ！」

もう一人のどろぼうが、あわてて馬を止めました。馬もびっくりして、「ヒヒン！」と[*1]いななきました。

一人乗りの飛行機は、道路をすべるように、着陸しました。あと少しで、飛行機と馬車はぶつかるところでした。

その飛行機から、飛行帽と飛行服を身につけた男が、ふわりと、とびおりました。[*2]ゴーグルのせいで、顔はわかりませんが、どうやら運動神経ばつぐんの、わかい男のようです。

男はかけてくると、そのまま馬車のステップにとびのり、[*3]たづなをにぎった男にピストルをつきつけました。

どろぼうたちは、あまりのことにびっくりして、声も出ません。

わかい男はゴーグルをはずし、さわやかな笑顔でいいました。

プロローグ

「やあ、きみたち。ぼくはルパン、アルセーヌ・ルパンだ。ぼくの名前を聞いたことがあるだろう。みんなが、怪盗紳士とよぶ、あのルパンだよ。ぼくは、きみたちに、ききたいことがある。質問は、たった一つ。正直に、答えてくれるよね。」

馬車の二人は、ルパンの名を聞き、ふるえあがりました。自分たちはこそどろにすぎませんが、ルパンは、天才的な怪盗としてフランス、いやヨーロッパじゅうで有名です。変装の名人で、さらにおどろきの演技力で別人になりきるといいます。怪盗ルパンのことをフランスじゅうの警察が、追っています。

ルパンは、悪い人や、いばった金持ちからしか、ぬすみをはたらきません。また、弱い人やまずしい人の味方で、こまっている人を助けるこ

＊1いななく…馬が高い声で鳴くこと。　＊2ゴーグル…目を保護するため、顔に着用する道具。
＊3たづな…馬を思いどおりにあつかうための、つな。

とても知られています。だから、世の中の人たちからは、ヒーローのような人気もありました。

そんなルパンが、目の前にいるのです。ルパンはピストルを持っていますし、こそどろたちが、とてもかなうような相手ではありません。

「わ、わかりました。な、なんですか。」

と、どろぼうの一人は、おびえた声でたずねました。

「きみたちが、一週間前に、*1ランスの町に行き、ユゴーという屋しきから、家具をいくつかぬすんだことは知っている。その中に、*2マホガニー製の古いつくえがあったはずだ。それをどうしたか、教えてほしい。」

「マホガニー製の、つくえ？」

「そうだ、かなり古いやつだよ。」


*1ランス…フランス北部にある都市。

*2マホガニー…センダン科の高木。高級な木材として知られ、木目が美しくつやがある。

「あ、あれなら、パリのベルサイユ宮殿*近くにある、古道具店に売りました。ほ、ほんとうです、ルパンさん……。」

どろぼうは、消えいりそうな声で答えました。

ルパンは目を細め、どろぼうの顔をじっと見ました。

「――うん。どうやら、ほんとうのことをいっているようだ。ぼくは、相手のうそが見ぬけるからね。きみの言葉を、信じるよ。」

そういってにこりとわらうと、ルパンは馬車からとびおり、飛行機にかけもどりました。そして、飛行機は、あっという間に、空高くとんでいったのでした。

そのようすを、どろぼうたち二人は口をぽかんとあけて、ただ見ているしかありませんでした――。


*ベルサイユ宮殿…一七〇〇年代に、フランスのパリに建てられた、広大な庭園を持つごうかな宮殿。

エピソード
01

古(ふる)づくえの宝(たから)くじ

1 がんこな老人

「——うん。これがいい。これを、シュザンヌの誕生日におくろう。わがまごむすめも、十八歳になるのだな。」

ある老人が、散歩のとちゅうに、古道具屋に立ちよりました。そして、マホガニーという高級な木でできた、つくえを見つけたのです。

「古い物だが、引き出しが多くて、べんりそうだ。」

老人は、つくえのあちこちをさわりながら、つぶやきました。よく見ると、細かい彫刻や、こった金具がついています。

老人は、ベルサイユ高校で数学を教えている、ジェルボワ先生です。決してゆうふくではありませんが、かわいいまごむすめと二人で、なかよくくらしています。

ジェルボワ先生は、[*1]値切りに値切り、六十五[*2]フランで、この古づくえを買うことにしました。

「じゃあ、ここにとどけてくれたまえ。」

老人は、店主に、住所を書いたメモをわたしました。

ちょうどそのとき、品のよい青年紳士が店の中に入ってきました。かれは、ざっと店内を見たあと、あの古づくえに目をとめました。

「これは、いくらですか。」

と、青年紳士は、太った店主にたずねました。

「すみませんねえ。たった今、売れてしまったところなんでさあ。」

店主があやまると、紳士は、ジェルボワ先生へ目を向けました。

「それは、この方にですか。」

「ええ。」

店主が答えると、青年紳士はざんねんそうな顔をしました。

老人は、そのようすを見て、

（ほかの人もほしがるとは、いいつくえなんだな。うまい買い物をしたものだ！）

と、心の中でよろこぶと、さっさと店を出たのでした。

十二月のその日、外には寒い風がふいていました。ジェルボワ先生はコートの前をしっかりしめ、家へと、急いで歩きはじめました。

ところが、すぐに、後ろから声がしました。あの青年紳士でした。

「失礼ですが、あなたはあのつくえを、とくべつにおさがしだったのでしょうか。」

＊1値切る…値段を安くさせる。

＊2フラン…フランスで以前使われていたお金の単位。六十五フランは、今のお金で、およそ六万五千円。

老人は、いったいなんだと、ふりかえりました。

「……べつに。あれがちょうどよいので、買っただけのことでね。」

「*年代物だからですか。」

「引き出しが多くて、べんりそうだからだよ。」

「じゃあ、もっと新しく、もっと高価な物を用意しますから、それと交かんしてくれませんか。」

「いいや。わしはあれが気に入ったので、いやだね。」

「では、新品のつくえのほかに、あなたがお買いになった、二倍のお金をさしあげます。」

青年紳士はていねいに、しかし、しつこくたのんできます。

気が短くて、がんこなジェルボワ先生は、いらいらしてきました。

*年代物…長い年月がたっていて、価値のある物。

「おことわりだ。」

と、むっとした顔でいうと、歩きだしました。

ところが、紳士が前へ回って、じゃまをしたのです。

「ならば、三倍ではいかがでしょう。」

「しつこいな、あんたは。わしは、あのつくえがいいんだ。売ったり、交かんしたりは、ぜったいにしないぞ！」

老人は、おこっていいました。そして、紳士をおしのけて、その場を立ちさったのです。

その後ろすがたを、紳士はしばらく見ていました……。

2 消えた古づくえ

　それから一時間ほどたったころ。ジェルボワ先生の家に、古道具屋の店から、あの古づくえがとどきました。

　老人は、まごむすめのシュザンヌをよびました。

　かのじょは、髪の長い、きれいな子でした。両親は、かのじょが小さいころに、船の事故で亡くなっていました。それ以来、祖父の家でくらしてきたのです。

「おじいさま、なあに？」

　シュザンヌは、青い目をきらきらとかがやかせ、たずねました。

「シュザンヌ、これはおまえへの、誕生日プレゼントだよ。」と、ジェルボワ先生は、古づくえを見せていいました。

「まあ、すてきだわ！　わたし、こういうつくえが、前からほしかったのよ！」

シュザンヌは、大よろこびで祖父にだきつき、ほおにキスしました。

古道具屋の店員たちによって、

つくえがシュザンヌの部屋に運ばれると、シュザンヌは、さっそく、つくえをぞうきんでふき、引き出しもそうじしました。
中には、高くはないけれどお気に入りのアクセサリーや、文ぼう具、記念や思い出にとってある物――いとこで、なかよしのフィリップがくれた、大切な手紙などをしまったのです。
「――おじいさま。あの古づく

えのおかげで、わたしの持ち物が、何もかもかたづいたわ！」

しばらくして、シュザンヌは、居間でコーヒーを飲んでいたジェルボワ先生に、笑顔で話しかけました。

「そうか。それはよかった。」

「さびていた金具も、みがいたら、ぴかぴかになったのよ。」

「じゃあ、気に入ったんだね。」

「もちろんよ、おじいさま！」

「ついでに、わしの小箱も、引き出しの中にしまっておいてくれないか。そこのだんろの上にあるから——。」

と、老人は指さしました。

ぼろぼろの宝石箱ですが、かれが大事にしている、小物や手紙などが入っています。

シュザンヌはいわれたとおり、それを、引き出しのおくに入れました。

よく日、学校での授業が終わり、ジェルボワ先生が校門のところへ出ていくと、待っていたシュザンヌが大きく手をふりました。

「おじいさま、ここよ！」

放課後、同じ学校に通うまごむすめといっしょに、歩いて家に帰るのが、老人の毎日の楽しみです。

「おじいさま。わたし、早く、家にもどりたいわ。あの古づくえのよごれを、もっと落としてあげたいから。」

「そうかい。じゃあ、きれいになったら、わしに見せておくれ。」

（あんなに古いつくえを、こんなによろこんでくれるなんて――。）

老人はうれしく思うとともに、まごむすめにぜいたくをさせられないことを、ちょっと悲しく感じました。

家にもどると、シュザンヌは、古づくえのある部屋へと、階段をかけあがりました。ところが、部屋のドアを開けたとたん、悲鳴を上げたのです！

「どうしたんだ、シュザンヌ!?」

ジェルボワ先生はびっくりして、かけつけました。

まごむすめは、真っ青な顔をして、入り口のところで立ちつくしていました。老人も、中に入ってみて、ひどくおどろきました。

――なぜなら、あの古づくえが、なくなっていたのです！

3 ふしぎなどろぼう

ジェルボワ先生はすぐに、警察官をよびました。

かけつけた警察官は、まず、おどろきました。

古づくえだけがぬすまれ、お金も何も、ほかの物はまったくぬすまれていなかったのです。家の中も、あらされていません。シュザンヌの部屋には、かのじょのさいふがあったのに、それもとられていませんでした。

古づくえが運びだされるようすを、お向かいに住むおくさんが、ぐうぜん見ていました。

昼間、おくさんが道のかれ葉のそうじをしていると、運送業者と思われる馬車が家の前に止まったといいます。男が一人おりてくると、門の中へ入りました。

少しして、その男は、古づくえをかかえて出てきました。そして、それを馬車にのせると、素早く走りさったというのです。

警察官がドアを調べると、かぎあなに、新しい引っかききずがあります。何かをかぎの代わりに使い、ドアを開けたようです。

（どうどうと、つくえだけぬすむとは、へんなどろぼうだな。）

と、警察官はふしぎに思い、ジェルボワ先生にたずねました。

「ぬすまれた古づくえですが、高価な物ですか。」

老人は、首をふりました。

「いいえ。きのう、古道具屋で買った、六十五フランの物ですよ。」

「引き出しの中に、大金や、宝石などが入っていませんでしたか。」

「まごむすめがアクセサリーを入れたようですが、正直なところ、安物ですよ。」

安いといいながらも、ジェルボワ先生はくやしそうです。

では、たいした物も入っていない、ただの古づくえを、なぜぬすんでいったのでしょう――。

ジェルボワ先生は、思いだしました。

「そういえば、きのう、あの古づくえを買うときに、みょうなことが、あったんですよ。」

「なんですか。」

老人は、警察官に、前日の出来事を話しました。

「――というわけで、その青年紳士が、やたらに、わしの買った古づくえをほしがったんです。だから、あいつが、ぬすんだんじゃないかな。ええ、きっとそうですよ！」

ねんのため、警察官は、古道具屋の店主に、紳士のことをたずねてみました。

「――いいえ、だれだかわかりませんや。はじめてのお客さまでしたよ。」

「古づくえは、どこから仕入れましたか。」

「一週間ほど前に、二人組みの男が持ってきたんですよ。それを、あっしは、四十フランで買いとったんでさあ。でも、あの老人に値切られたんで、たいしてもうけられませんでしたな。」

と、店主は、そのことがまだざんねんそうでした。

警察官は、一通りのことを調べました。しかし、事件のかぎになりそうなことはありませんでした。

ジェルボワ先生は、自分が大ぞんをしたのではないかとなげきました。

「ああ、シュザンヌ。あの古いつくえは、たいへんな価値があったんだ。引き出しのどこかが二重底になっていて、高価な宝石か金貨か、秘宝のありかがわかる地図などが、かくされていたにちがいないぞ！」

「おじいさま、ほんとうにそうだったかどうか、わからないわ。だいいち、宝石や大金なんかなくても、わたしは、十分に幸せよ。」

まごむすめは、けなげ*にいいました。

「一財産あれば、おまえはゆうふくな相手と結婚できるじゃないか。」

老人はまごむすめを、お金持ちと結婚させたいと考えていました。

シュザンヌが、いとこのフィリップをすきなことには、気づいていました。けれど、まずしいフィリップとの結婚など、ジェルボワ先生はゆるせなかったのです。

「おじいさま。古づくえのことは、もう、あきらめましょう。えんがなかったのよ。」

シュザンヌは、いかりがおさまらないジェルボワ先生のようすを見ては、何度もなぐさめたのでした。

*けなげ…心がけがよく、しっかりしているさま。

4 おどろきの宝くじ

それから、ほぼ二か月後のことです。

もっと大きな事件が起きて、ジェルボワ先生をおどろかせたのです！

ジェルボワ先生は、朝刊を読んでいました。

「おお、宝くじの当選番号がのっているぞ。」

その発表された番号を見ると、先生は、新聞を手からポトリと落としました。

宝くじ当選番号　一等

＊百万フラン　23組514番

ジェルボワ先生は、よろよろと立ちあがり、上着のポケットの中から、手帳を取りだしました。そして、そこに書いてある番号と、新聞の宝くじ当選番号とを、見くらべました。

「……やはり、お、同じだ……百万フランの宝くじが当たったんだ……。

＊百万フラン…今のお金で、およそ十億円。

大金が、手に入るんだ！……しかし、わしは、あの宝くじの券を入れた小箱を、どこにしまったんだったかな？」

そのとき、台所のほうで、まごむすめの足音がしました。

「シュザンヌ！　シュザンヌ！　来ておくれ！」

ジェルボワ先生は、大声でよびました。

「なあに、おじいさま。」

かのじょはあわてて、祖父のところへやってきました。

「おまえ、わしの小箱を知らんか！」

「小箱？」

まごむすめは、首をかしげました。

「そうだ。古い宝石箱だよ！」

「あら。あれなら、ぬすまれた古づくえの引き出しのおくに、しまったわ。おじいさまが、そうしろとおっしゃったから——。」

「——ぬすまれた、つくえの中だって!?」

ショックを受けたジェルボワ先生は、その言葉を、二度、三度と、くりかえしました。

「おじいさま?」

シュザンヌは心配になって、祖父の顔をのぞきこみました。その顔は、こおりついたように真っ青でした。

「シュザンヌや。たいへんだ。あの小箱には、当選した宝くじの券が入っていたんだよ。当選金は、百万フランという大金だ!」

「まあ、なんてことでしょう!」

シュザンヌは、大きな青い目を見開きました。

「その券を、あの古づくえごと、だれかに、ぬすまれてしまった……。」

と、ジェルボワ先生は、かたを落としました。

そんな祖父をはげますように、まごむすめが声をかけました。

「……券がないと、当選金をもらえないの？　おじいさまが買ったのはまちがいないのでしょう。」

ジェルボワ先生は、なみだをうかべた目で、まばたきました。

「いや、証拠がない……。」

「証拠って？」

「当選券を持っていた、という証拠だよ。あの宝くじの券は、友人から買ったんだ。そのときに、かれが、わしに売ったと書いた手紙が証拠

になるはずなんだが……。だが、だめなんだ。それも、あの券といっしょに、小箱にしまってあったからね……。」

「じゃあ、いったいどうなりますの？」

シュザンヌは、悲しそうにたずねました。

「このままでは、つくえといっしょに、宝くじの券

を手に入れただれかが、当選金を受けとることになってしまう……。」
ジェルボワ先生は頭をかかえ、がっくりと、いすにこしを下ろしたのでした。

５　老人と、ルパンの電報

しばらくして、少し落ちついたジェルボワ先生は、急いで*電報を打ちました。あて先は、宝くじを発行した銀行です。

一等当選の、宝くじ２３組５１４番は、わたしが買ったものです。当選金百万フランは、わたしがもらう権利があります。

ジェルボワ

それとほぼ同じくして、ほかの人からの電報も銀行にとどきました。

*電報…電気による信号で送る通信。また、その文章。

宝くじ２３組５１４番は、ぼくが持っています。

アルセーヌ・ルパン

銀行の人たちのおどろきといったら！

二人の人物が、当選者だといってきたのです。

しかも、その一人は、あの天下の怪盗紳士、アルセーヌ・ルパンではありませんか！

天才的な頭脳を持ち、変装の名人で、高価な宝石やおどろく大金を、どんな場所からでもぬすんでしまう、あの、すごうでの怪盗です。

LOTERIE
23-514

そんなルパンの登場とあって、すぐに新聞も大見出しにして、世間は大さわぎになりました。

怪盗ルパン、百万フランの宝くじに当選か⁉

「――今は券がないのですが、当選者はわたしです。その宝くじは、わしが、ちゃんと金をはらって買ったのです！」

相手がルパンと知ったジェルボワ先生は、急いで銀行に行って、うったえました。

「券がないのに？　あなたが券の持ち主だという証拠はありますか。」

銀行員は、きびしい目でたずねます。

「それが……ベシーという友人から買ったのですが、先月、ベシーは馬から落ちて亡くなってしまったのです。かれは、手紙といっしょに券を送ってきてくれました。」

「でしたら、その、ベシー氏の手紙を見せてください。」

「宝くじの券といっしょに、ぬすまれたんです。ぬすまれた古づくえの中にしまっておいたのです……。」

と、ジェルボワ先生は小さな声でいいました。

「でしたら、それらを取りもどしてください、ジェルボワさん。当選金百万フランは大金です。お金は、当選券と交かんになります。」

と、銀行員はいうばかりでした。

老人は、がっくりとかたを落とし、銀行をあとにしました。

そのよく日。またもや、パリじゅうの人たちがおどろきました。
なんと新聞の広告らんに、ルパンからのメッセージが、のっていたのです。

ベシー氏から、宝くじの券を買ったのは、ぼくです。その証拠に、ベシー氏からの手紙も持っています。

アルセーヌ・ルパン

「ちがう！　あの宝くじの当選券は、わしの物だ！
ルパンはわしから、古づくえも、宝くじの当選券も、ぬすんだのだ！」

取材に来た新聞記者たちに向かって、ジェルボワ先生は、わめきちらしました。
「みなさん、わかってください。当選金は、わしのかわいいまごむすめ、シュザンヌが、結婚するときのために必要なお金です。わしは、それを、まごむすめのために使いたいのですよ！」
新聞記者たちは、大声を上げる老人にあきれつつも、質問をつづけました。
「ルパンがぬすんだという、証拠はあるのですか。」

「ないが、そうに決まっている。わしが、あの古づくえを買うとき、しつこく、ゆずってくれといったわかい男がいるんだ。あれが、ルパンの変装だったのさ！」

「宝くじの券を、いつ、古づくえにしまったのですか。」

「古づくえが、わしらの家に運ばれてからだ。」

「では、ルパンにしろ、そのわかい男にしろ、宝くじのことを知っていたわけはありませんね。

ましても、それが当たるかどうかなんて、神様でなければ、予想できません。」

ほかの新聞記者も、つづけました。

「ジェルボワ先生。きっと、ルパンは、宝くじがほしかったわけではな

いんですよ。古づくえがほしかったんです。それがどうしてかは、わかりませんがね。」

しかし、老人はなっとくしませんでした。

「いいや、あの悪党は、なんでも知っていて、わしから百万フランをぬすむつもりで、古づくえを持ちさったんだ。でなければ、あんなみすぼらしいつくえをとっていくはずがない！」

こうしたやりとりも、よく日の新聞に、大きくのりました。

その記事を読む、まごむすめのシュザンヌは、どこかせつないようすなのでした。

――よくよく日の新聞に、またしても、ルパンの声明がのりました。

ジェルボワ先生へ

どうも、世間は、あなたとぼくの宝くじの取りあいを、大いにおもしろがっているみたいですね。

でも、そろそろ、事をかたづけましょうか。

そう、ぼくは、宝くじの券を持っています。しかし、それを銀行に持っていくのは少しめんどうです。警察が、ぼくをつかまえようとするに決まっていますからね。まあ、にげるのはかんたんですが、それなりにじゅんびがいるのです。

一方、あなたは楽に銀行へ行けます。しかし、当選券を持っていない。

そこで、こうしましょう。当選金の百万フランを、五十万フランずつに分けて、あなたとぼくとで、山分けしませんか。十分、大金ではありませんか。

あなたがよしといえば、宝くじの券を、送ります。

あなたはそれを、銀行へ持っていき、百万フランを受けとって、後日、
ぼくに、五十万フランをわたしてください。

どうですか。すばらしい話でしょう?

三日以内に、返事を新聞記者にしてください。そうすれば、ぼくが新聞を読んで、あなたの返事を知ることができますからね。

ただし、この話をことわったら、やっかいなことになるかもしれませんね。かくごしてください。

アルセーヌ・ルパン

ていねいな文ですが、終わりには、いどむようなことが書いてありま

す。読んだとたん、ジェルボワ先生はこぶしをにぎって、おこりました。

「わしをおどすのか！　当選金百万フランは、すべてわしのものだ。ルパンなどに、一フランもやるものか！」

シュザンヌは、そんな祖父を悲しい目で見つめていました。この前から、口を開けば、当選金のことばかりいっていたからです。

老人は、ルパンへの返事をしませんでした。

――しかし、そのために、たいへんなことが起こったのです。

6 美少女のゆうかい

金曜日のことです。

ジェルボワ先生は、いつもどおり授業を終えました。ところが、校門のところで待っているはずの、まごむすめのすがたがなかったのです。

「おや、どうしたんだろう。シュザンヌは、先に帰ったのだろうか。」

しかし、家に帰っても、だれもいません。

ジェルボワ先生は、学校へもどると、いろいろな人に、シュザンヌを見なかったかと、たずねました。

すると、まだ学校にのこっていたまごむすめの友だちが、教えてくれ

ました。

「シュザンヌちゃんは、かがやくほどきれいな金髪の、美しい女性といっしょにいましたわ。歩いて、大通りのほうへ行きましたけれど——。」

そっちは、家とは反対の方向です。

びっくりしたジェルボワ先生は、近くにあるレストランの店員に、二人を見なかったか、たずねました。ここは、外にもテーブルやいすがあり、店員も、歩道を行く人を自然と目にします。

「ええ、見ましたよ。二人は、話しながら歩いていました。大通りの角に黒い車が止まっていて、二人はそれに乗りましたよ。」

けれど、そこから先の、シュザンヌの行方はわかりません。きっと、まごむすめは、その金髪美人によってさらわれてしまったのです。

昼間、人がたくさんいるところで、少女をつれさるとは、なんという、大たんな犯行でしょうか！

（ああ、ルパンのきょうはくは、このことだったのか。わしが、宝くじ

のことで返事をしなかったので、仕返しに、かわいいシュザンヌをゆうかいしたのだ。あいつは、ひどい男だ！）

ジェルボワ先生はいかり、まごむすめの身を心配して、苦しみました。事件を知って、ジェルボワ先生のところにやってきたのは、目のするどい大がらなベテラン警部でした。そう、フランス一の名刑事といわれるガニマール警部です。

ガニマール警部にとって、ルパンは、どんなことをしてもつかまえたい*宿敵です。たくさんの部下たちを使って、パリじゅうを調べました。後ろの座席に、シュザンヌと金髪の美しい女性が乗った黒い車が、となり町に向かったことは、つきとめました。ですが、そこから、どこへ行ったのか、わかりません。

*宿敵…ずっと前からの敵。

（金髪の美人は、ルパンの一味にちがいない。しかし、なぜシュザンヌは、おとなしく、その金髪美人といっしょに車に乗ったのだろう。どうして、だれかに助けをもとめなかったのだろう。）

と、ガニマール警部は気になったのでした。

一方、ジェルボワ先生は、まごむすめのことが、心配で心配でなりません。

（無事に、生きているだろうか。けがを、していないだろうか。ああ、わしがバカだった。金に目がくらんだせいだ。あんな古づくえ、ルパンにゆずってやればよかった……。）

そう思って、老人はくやみました。

三日たち、四日たっても、まごむすめの行方はわかりません。

（仕方がない。ルパンにわしの負けをみとめて、シュザンヌを返してもらおう……。）

ジェルボワ先生は、新聞にルパンへの返事を出すことにしました。

ルパンへ。あの申し出を受けいれる。

ジェルボワ

すると、よく日——。

ジェルボワ先生の元へ、ふうとうがとどいたのです。ルパンよりと書かれたそのふうとうの中には、約束どおり、宝くじの当選券と、さらに、ベシー氏の手紙も入っていたのでした。

でも、シュザンヌの行方はわからないままでした。

フランスじゅうの人たちは、ルパンがあっさり、当選券を返したと新

聞で知って、あぜんとしました。

「百万フランもの大金を、かんたんに、ジェルボワ先生にゆずったのか!?」

「しかし、まだ事件は終わっていない。シュザンヌが人質になっている。」

「いったいいつ、五十万フランと、人質を交かんするのだろうか。」

「少女をさらった金髪美人とは、何者だ!?」

人々は、口々にいいあったのでした。

そんなさわぎの中、ガニマール警部は、

(ルパンか、やつの手下が、五十万フランを取りに来たら、そこで、ぜったいにつかまえてやるからな!)

と、心に決めたのでした。

7 あらわれたルパン

数日後。

ジェルボワ先生は、ついに、宝くじの百万フランをもらいに、銀行へ行きました。

銀行のそばには、車が二台、ひっそりと止まっていました。乗っているのは、そう、ふきげんそうなガニマール警部と、その部下たちでした。

「――ジェルボワ先生。当選金を手に入れたら、ルパンをたいほするのに力をかしてください。」

きのう、ガニマール警部がそうたのんだところ、老人は、けわしい顔

で首をふりました。

「できません。シュザンヌの安全が第一です。今回は、五十万フランを、ルパンにくれてやります。」

仕方なく、ガニマール警部はジェルボワ先生の動きを、勝手に見はることにしたのでした。

しばらくして、ジェルボワ先生が、銀行から、出てきました。当選金が入ったと思われるかばんを、むねに、しっかりだいています。

老人は、キョロキョロとあたりを見回しながら、歩きはじめました。

ゆっくりと、次の大通りのほうへ進んでいきます。

ガニマール警部たちは、車をおりて、こっそりとそのあとを追います。

ジェルボワ先生は、交差点をわたり、そこにあった売店で、新聞を買いました。ゆっくり新聞を広げ、読みはじめたと思ったそのとき。

「あっ！」

ガニマール警部が小さくさけんだときには、もうおそかったのでした。

老人は横に止まっていた、茶色い車にとびのったのです！

車はエンジンをかけて、老人を待っていたようで、すぐに発進しました。

次の角を曲がり、警部たちの目の前から、消えてしまったのです。

たぶん、ルパンとジェルボワ先生で、打ち合わせをしていたのです。

7　あらわれたルパン 

「くそう！　やられた！　ルパンのいつものやり方だ！」

ガニマール警部は、くやしさで顔を真っ赤にしてさけびました。

その車はジェルボワ先生を、町はずれの林の中にある、りっぱな屋しきにつれていきました。

ジェルボワ先生が、おそるおそる車をおり、ドアのベルを鳴らすと、身なりのよい男性が、出てきました。

「お待ちしていました、ジェルボワ先生。わたしは、弁護士のドティナンです。ルパン氏から、話は聞いています。かれの部下ではありませんが、今回、正しくお金を分けるために、やとわれたのです。さあ、中へどうぞ――。」

「ルパンはどこです？　シュザンヌは？」

「そのうち、来るでしょう。だいじょうぶですよ。ルパン氏は、ちゃんと、シュザンヌさんをつれてきますよ。その前に、あなたとわたしとで、やることがあります。五十万フランを数えて、それから、二人で分けるという約束をした書類を作るのです。」

ドティナン弁護士は、ジェルボワ先生を居間のソファーにすわるよう、すすめました。

ジェルボワ先生は、あせってもむだだとさとり、ドティナン弁護士とともに大金を数え、五十万フランの山を二つ作りました。

弁護士は、書類にサインをして、いいました。

「これで、五十万フランは、ルパン氏のものです、ジェルボワ先生。」

「まごむすめが帰ってくるのなら、金などゆずります。」
老人が、心からそういったそのときです。柱時計が、ボーン、ボーン
と鳴りはじめました。
おくのドアがガチャリと開き、ジェルボワ先生はふりむきました。
そこには――、シルクハットをかぶりモノクル*をかけた、青年紳士が
立っていました。

*モノクル…かたほうの目にだけ使う、レンズが一つのめがね。

古づくえを買った古道具屋にいた、あの男です。
「ジェルボワ先生。ぼくがほしいのは、約束の五十万フランだけです。
それで、十分ですよ。」
と、かれはいい、ほがらかにわらいました。
「ル、ルパン。シュザンヌは!?」
ジェルボワ先生は思わず立ちあがり、青い顔で声を上げました。
一方、ルパンは落ちつきはらっています。ドアをしめ、シルクハット
と手ぶくろを取り、ゆっくりとテーブルにおきました。そしてソファー
にすわりながら、
「まあ、あわてないで。時がくれば、かのじょはちゃんとここへ来ます。
ぼくの友人で、ルパンの共犯とのうわさの、金髪美人がつれてきます

から。」

と、いいました。

「シュザンヌは、無事、なのか。」

「ええ。元気も元気。前よりも、健康になっているでしょう。何しろ、ここしばらく、かのじょは、ぼくの友人といっしょに、*地中海のすばらしい観光地で、あたたかい日差しをあびながら、のんびりとすごしていましたから。」

「な、なんだって!?」

ジェルボワ先生は、おどろいて、目を見はりました。

すると、ルパンは、自分の五十万フランの札たばから、五十まいをぬきとり、ジェルボワ先生の札たばの上におきました。

*地中海…ユーラシア大陸と、アフリカ大陸にかこまれた海。

「この五万フランは、ぼくから、ジェルボワ先生にプレゼントしましょう。シュザンヌさんの、*婚約のお祝いとして。」

「ええっ!?」

ジェルボワ先生は、五万フランとルパンを見くらべました。

ルパンは、いたずらっ子のような顔で、ほほえみました。

「おやおや。シュザンヌさんから聞いてないのですか。なかよしのフィリップくんと婚約したんですよ。近いうちに、結婚するでしょうね。」

「そんな、ばかな！　わしは、まったく知らん！」

ジェルボワ先生は思わず、大きな声を出していました。

*婚約…結婚の約束をすること。

8 金髪美人とシュザンヌ

「シュザンヌは、わしに、そんな話をしたことがないぞ！」

と、いいはなつジェルボワ先生に、ルパンはにっこりしながら、

「もちろん、かのじょは、あなたのゆるしなく、勝手なことはしないでしょう。しかし、フィリップくんへの思いは、本物です。かのじょは、それをのぞんでいるんです。」

と、つづけました。

「なぜ、そうわかるんだ!?」

「ぼくは、昔から、愛しあう若者の味方ですから、わかるんですよ。

それに、あの古づくえには、フィリップくんからの手紙が入っていました。その文面にこめられた、シュザンヌさんへの愛情は、なんと深いことか。ぼくは感心しました。」

ジェルボワ先生は、

「ううむ……。」

と、うなるだけでした。

ずっと話を聞いていた、ドティナン弁護士がたずねました。

「ルパンさん。その古づくえですがね、あなたは、なぜ、あんなにほしがったのですか。何か、ひみつか、かくされた引き出しでもあったのですか。」

ルパンは、きっぱりと首をふりました。

「いいえ。そんなものありません。宝くじのことも、知りませんでした。みなさんは、ごぞんじないだけです——あのつくえの、すばらしい価値といったら!!

あれは、[*1]ナポレオン皇帝が、家具職人に作らせた、世界に一点しかない物です。そして、親しい友人だったポーランドの[*2]貴婦人、マリーにおくった物です。誕生日プレゼントとしてね……。

……つくえのすばらしさについては

長く語れますが、これくらいにしましょう。

怪盗ルパンは、お金や宝石はもちろんすきですが、美術品や歴史、とくに母国フランスの歴史にかんする物も、このうえなくすきなのですよ。」

「な、なんと……。」

＊1ナポレオン…おもに一八〇〇年代に活動したフランスの軍人・政治家。
＊2貴婦人…身分の高い家の女性。

ジェルボワ先生は、つぶやきました。

「そうと知っていれば、あなたに売ったのに……。」

「フフフ……。だからぼくは、大金で買いとるといったでしょう。さらに、宝くじの百万フラン全部も、あなたのものになったでしょうにね。」

と、ルパンはおもしろそうにいいました。

「ああ！ 何もかも、わしが、がんこだったせいだ！」

老人は、自分をせめました。

そのとき、おくのドアがしずかに開きました。二人の人物が、部屋の中へと入ってきます。

一人目は、背が高く、金髪の、おどろくほどの美人でした。その後ろにいたのは――。ジェルボワ先生のまごむすめ、シュザンヌでした。

「おお、シュザンヌ！　わしのかわいい天使よ！」

と、老人はさけび、最愛のまごむすめにだきつきました。

「おじいさま。ごめんなさい。心配かけて……。」

シュザンヌも、目になみだをうかべ、あやまりました。

「おまえが、悪いんじゃない。わしが、悪いんだ。わしのせいで、おまえはゆうかいされたのだから――。」

老人がそういうと、ルパンがゆかいそうにつづけました。

「ジェルボワ先生、あなたの天使は自分から進んで、ぼくの人質になったのですよ。シュザンヌさんは、この金髪美人と友人になり、二人ですてきな観光地へ行って、楽しい旅行から、今もどってきたのです。ぼくとシュザンヌは、今、はじめてお会いしましたしね。」

「なんだって!?」

あまりのおどろきに、ジェルボワ先生は、まごむすめとルパンの顔をこうごに見るばかりです。

シュザンヌは、*おずおずとうなずきました。

ルパンは、ジェルボワ先生とシュザンヌに、すわるようにやさしくいいました。

「では、ジェルボワ先生に、今回の出来事の真相をお話ししましょう。

さっき、ぼくは、シュザンヌさんとフィリップくんが、愛しあっているとわかる手紙を見つけた、といいましたね。調べたところ、あなたは、二人のつきあいをこころよく思っていないらしい。フィリップくんはまずしい青年で、あなたは金持ちとの結婚をのぞんでいたから

です。それで、シュザンヌさんは、ずっとむねをいためていました。
そんなときに、宝くじさわぎが起きたわけです。あなたは頭がかたくて、ぼくが持ちかけた五十万フランの話を、けろうとしました。相手はルパンですよ。あなたに勝ち目はなく、一フランも、手に入らなくなるというのに。
ぼくは考えました——五十万フランがあれば、シュザンヌさんは、フィリップくんと結婚して、ちゃんとくらしていける。これは、かのじょが幸せになれるよい機会だとね。

＊おずおずと…ためらいながら、おそるおそる物事をするようす。

それで、ぼくはこの友人にたのんで、シュザンヌさんと、学校の近くで、ある計画の話をしてもらったのです。」

「な、何を……？」

と、ジェルボワ先生は、ふるえた声でたずねました。

「あなたががんこな人だというのは、古道具屋で会ったときにわかりました。ふつうの方法では、ぜったいに、シュザンヌさんの結婚をゆるさない。当選金を分ける話も、受けいれなかったでしょうね。だから、シュザンヌさんがぼくの人質になったことにする。そうしたら、五十万フランの山分けについての話に、あなたものるだろうと、話してもらったのです。

かしこいシュザンヌさんはすぐに、この話にのることを決めました。

そして、ぼくの友人の車に自分から乗ったわけです。ジェルボワ先生。あなたは、まごむすめのシュザンヌさんを心から愛している。だから、かのじょがゆうかいされたと思えば、あなたはかならず、当選金を山分けする話にのるだろう――そう思ったのですよ。」

老人は、うめきました。

「シュザンヌ。わしが悪かった。おまえの気持ちを、ちっとも考えなくて……。」

「いいえ、おじいさま。わたしこそ、おじいさまに心配をかけて、ごめんなさい。」

二人はなみだを流し、あやまりながら、強くだきあいました。

そのとき、ルパンのまゆがぴくりと動きました。かれは立ちあがるとまどぎわに近づき、カーテンのすき間から、外を素早く見ました。

「ほほう。ぼくの大切な友だち──ガニマール警部さんたちのお出ましだ。木と木の間から、こっちをうかがっている。いつもより優しゅうだ。思ったよりも早く、ここにたどりついたなあ。」

そういうと、ルパンは、シルクハットをかぶり、手ぶくろをはめ、モノクルをかけました。

「──みなさん。ぼくたちは、お先に失礼します。今日はこのあと、おいしい高級レストランを予約していましてね。それに、新たなぬすみの計画もしなくちゃならない。警察につかまっていられないのですよ。ガニマール警部とフィリップくんに、よろしくおつたえください──。」

ルパンは、ジェルボワ先生たちにおじぎをしたかと思うと、金髪美人の手を取り、おくのドアからさっそうと出ていったのでした。

とつぜんの出来事に、のこった三人は何もいえず、ただじっとしていました。

数分後、ガニマール警部たちが、ずかずかと、この屋しきに入ってきました。

しかし、ルパンは警察官に取りかこまれた屋しきの、どこからどうにげたのか、金髪美人もろとも、すがたを消してしまっていたのです——。


（「古づくえの宝くじ」おわり）

エピソード
02
あらわれた
名探偵（めいたんてい）

1 消えた家宝

「やや！　大切な家宝がない！」

目を開き、おどろきの声を上げたのは、銀行家のジョルジュ・ドバンヌ氏でした。

かれはたいへんなお金持ちで、*先祖代々、チベルメニル城という名の、すばらしくごうかな城に住んでいます。

この歴史のあるりっぱな城には、たくさんの部屋がありました。

二階のおくにあるのは、本がずらりとならんだ、広い図書室です。そこはかべの上のほうに、動物などのタイルがならぶ、美しい部屋でした。

*先祖…今の家族より前の代の人々。

その図書室の本だなには、家宝の*1古文書を、二さつしまっていたのですが、それらがあとかたもなく消えていたのでした。

「なんてことだ！　さては、あの大どろぼうの、アルセーヌ・ルパンのしわざだな！」

いかりのせいで、ドバンヌ氏の顔は真っ赤でした。

そう思ったのには、わけがありました。つい先日、フランス一の名刑事といわれるガニマール警部が、

「ドバンヌさん。われわれ警察は、ルパンの手下をつかまえ、はくじょうさせました。どうやら、ルパンは、あなたの城にある、財宝や美術品をねらっているようです。十分に気をつけてください――。」

と、いってきたのです。

ドバンヌ氏は、すぐに*2執事をよんで、戸じまりをたしかめましたが、すべてのドアとまどに、ちゃんとかぎがかかっています。だれかがおしいったようすも、ありません。

「――おい。あやしい者を見かけなかったか。」

「いいえ、だんなさま。今日は、お客さまも来ていません。」

執事は首をふりました。

使用人たちみんなで、城じゅうをさがしても、大切な古文書は見つかりませんでした。ほかの物はとられていません。お金も、宝石も、美術品も無事でした。

（ルパンは、どうやって、古文書をぬすんだのだ。）

ドバンヌ氏には、さっぱりわかりませんでした。

*1古文書…古い時代の文書、記録。特定の相手につたえるために書かれたもの。

*2執事…身分の高い人などの家で、主人に代わって仕事を行う役目。また、その役目の人。

よく日、ドバンヌ氏は新聞を見て、見出しにおどろきました。

《国立図書館から、『チベルメニル城年代記』がぬすまれる!》

と、書いてあったのです。

「きっと、これも、ルパンのしわざにちがいない!」

じつは、国立図書館におかれていた『チベルメニル城年代記』も、もとは、チベルメニル城にあったものでした。

(三さつの古文書がそろえば、この城のどこかにあるという、ひみつの地下道が見つかるかもしれない。ルパンがその道を知ったら……。大金や美術品をぬすまれてしまう。)

と、ドバンヌ氏は思って、こわくなりました。

というのも、三さつの古文書には、それぞれ図が、かかれていました。

一さつ目のものは、ドバンヌ家の土地の地図、二さつ目には、城のようすをかいた図、三さつ目には、何やら地下道のような図でした。
ただ、城は大昔につくられたものなので、いつしか、ひみつの地下道

が、どこにあるのか、ドバンヌ家の者にもわからなくなっていたのです。

「まずい。このままでは、ルパンに大事な大事な財産を、ぬすまれてしまう！」

心配になったドバンヌ氏は、ガニマール警部に助けをもとめました。

しかし、ある事件の捜査で、アメリカに出かけていて、すぐにはもどれないというのです。

「そうだ、世界一の名探偵に助けてもらおう。イギリスの、ハーロック・ショームズだ。かれに、来てもらうんだ！

あの人は、どんな事件でも、*いともかんたんに解決するという。すごく頭がいいから、ルパンにだって、負けんぞ！」

自分の思いつきによろこびながら、ドバンヌ氏は、イギリス人の友人を通じて、たのみました。

するとよく日、ショームズからドバンヌ氏に、電報がとどいたのです。

ルパンが相手なら、よろこんで、そちらにうかがいます。敵として、十分です。こちらの用事をかたづけて、なるべく早く行きます。わたしが行くことは、だれにもいわないでください。

そのころ、イギリスからフランスへは、船で来なくてはなりません。急いで来ても、ショームズが着くのは、明日より先でしょうか。ドバンヌ氏は、待ちきれない思いでした。

＊いとも…とても。

2 王様のメモ

電報がとどいたよく日の夜、チベルメニル城では、ドバンヌ氏の友人が集まり、ごうかな夕食会が開かれました。

しょうたいされたのは、ブーベル大佐という軍人と、村の教会のジェリス神父と、それから、ベルモンという、わかい画家でした。

ブーベル大佐は、ピンとした黒ひげがりっぱな、体格のよい男性です。ジェリス神父は、長い白ひげがじまんの、ねこ背の老人で、ベルモンは、海の絵をかくのがとくいな、きれいな顔の青年でした。

　食事がすんだあと、みなは広い居間へ移動して、ソファーにこしかけました。天じょうからごうかなシャンデリアがぶらさがり、かべには、すばらしい絵がかざってあります。

みなは、それぞれすきな飲み物を手にしながら、世間話を始め、しばらくしてぬすまれた古文書のことも話にのぼりました。

「――そういえば、ベルモンくん。きみの顔は、新聞に出ていた、アルセーヌ・ルパンのに顔絵に、にているんじゃないか。」

と、わらいながら、じょうだんをいったのは、ブーベル大佐でした。

コーヒーを飲んでいたベルモンは、かたをすくめました。

「ほかの人からも、それと同じことをいわれましたよ。あのに顔絵のせいで、ぼくは、ずいぶんめいわくしています。」

それを聞いたドバンヌ氏が、つづけていいました。

「ベルモンくんとのつきあいは、もう二年になる。かれのかいた海の絵が気に入ってね、わたしは、何度か買っている。最近は、すえむすめのネリーの、絵の先生もしてもらっているんだ。

ベルモンくんはルパンににているが、すばらしい画家さ。」

ドバンヌ氏には、三人の子どもがいます。すえむすめのネリーは二十歳で、一か月ほど、親せきの屋しきに遊びに行っていました。

ベルモンは、みんなの顔を見て、ウインクしました。

「ぼくがルパンなら、とっくに、みなさんのさいふをぬすんでいますよ。」

ジェリス神父は、上着のポケットをなでて、

「だいじょうぶだ。わしのさいふは、ちゃんとある。」

と、安心したようにいったので、みんなはおかしくなり、どっとわらいました。ベルモンも、さわやかな笑顔をふりまきました。

ブーベル大佐は、ワインを飲んでいるドバンヌ氏にたずねました。

「ルパンにねらわれているのなら、十分気をつけないといけませんな。」

「だから、警察にたのんで、外に、見はりをつけてもらったのだよ。正門とうら門の前に、一人ずつ、警官が立っている。

　それから、これはここだけの話だが、イギリスから、名探偵をよぶことにした。あの、ハーロック・ショームズをね！」

と、ドバンヌ氏は、みなに打ちあけたのでした。

「おお！」と、ブーベル大佐はおどろきました。

「ショームズ探偵か！　ならば、安心だ！」

ジェリス神父はほっとしたようにいい、ベルモンも、

「《六人のナポレオン事件》を解決した、あの有名な探偵ですよね！」

と、目をかがやかせながら、つづけました。

「そうだ。ルパンをつかまえるためなら、いくら金がかかってもいい！」

ドバンヌ氏は、気持ちが高ぶったように大声を上げました。

「ショームズ探偵は、いつ、ここに来るのですか。」

ブーベル大佐がたずねると、

「明日の午後四時に着くと、さっき電報が入った。ショームズ探偵が来れば、ルパンのやつも、ふるえあがるでしょうな。」

と、ドバンヌ氏は、よゆうたっぷりのようすで答えました。

ベルモンが、目を細めてたずねました。

「ですがドバンヌさん。それでルパンがこの城にしのびこむのをあきらめたら、ショームズ探偵は、せっかくフランスまで来たのに、ひまを持てあましますよね。」

「ほかにも探偵の仕事はあるさ。ひみつの地下道をさがすことだ。この城の中と外とを、地下道がむすんでいるんだが、それが今は、どこにあるか、まるでわからなくなっているんだよ、ベルモンくん。」

「古文書が三さつそろえば、その地下道がどこか、わかるのですね？」

「いいや、わからん。ほかに手がかりとして、先祖からつたわる『ひみつの言葉』がある。この城の持ち主は代々、子どもに、その『ひみつの言葉』と、地下道の出入り口のありかをいいつたえていた。

ところが、ある先祖が、フランス革命のさわぎにまきこまれ、急に

死んでしまった。子どもには、『ひみつの言葉』しか、つたえていなかったので、地下道の出入り口はなぞになってしまったのだ。」

「その『ひみつの言葉』とは、どんなものですか。」

ベルモンがたずねると、ジェリス神父が、軽く手を上げました。

「それなら、わしが知っておるよ。ドバンヌ氏のお父上から、聞いたことがあるからね。古文書の図も、昔、見たことがある。」

「教えてください、神父様。」

ブーベル大佐が、すぐさまいいました。

「**――シシは動き、ウサギはたおれる。そして、つばさが開き、人は神の前にたどりつく――**というものだ、ブーベル大佐。」

「なんだか、へんな言葉ですね。『シシ』とは、ライオンのことかな。」

チベルメニル城
2-6-9

「うん、意味がわからないのだよ。」

ドバンヌ氏がざんねんそうにいうと、

「そうそう。もう一つ手がかりがあったぞ、ブーベル大佐。」

と、白ひげの神父が、思いだしたようにいいました。

「なんですか、ジェリス神父？」

「昔、フランスの国王ルイ十六世が、この城にとまったことがあって、その地下道を通ったらしいのだ。そのときに、国王は、メモをのこした。それには、『チベルメニル城　2―6―9』と書いてあったそうだよ。」

「なんの数字だろう。」

と、ブーベル大佐は、黒ひげの先をさわりました。

「なぞですね――。」

ベルモンもうで組みをして、考えこんでいます。

「だが、ハーロック・ショームズ探偵が来れば、そのなぞも、たちまち解けるだろう。かれなら、ルパンより先にひみつの地下道を見つけてくれるし、何もぬすめないはずだ！」

と、ドバンヌ氏は、きげんよくいったのでした。

夕食の会が終わって、客たちは家に帰りました。

深夜0時に、ドバンヌ氏もベッドに入って、使用人も下がり、チベルメニル城は物音一つしなくなりました――。

3 深夜の出来事

その夜、かなりおそく。雲にかくれていた月が顔をのぞかせ、月明かりがチベルメニル城をてらしました。ねむそうな警官が、見はりに立っています。

午前三時――。

人気のない図書室の中で、何かがカチリと、音を立てました。間もなく、ガチャ、ギーと、べつの音もしました。どれも聞きのがしてしまいそうな、小さな音でした。

それから、本だなの一つに、ふしぎなことが起きました。本だなのう

ら側に何か光るものがあるのか、まわりに細い、光の線ができたのです。しかも、その本だなが、じりじりと動きはじめました。まるでドアのように、ゆっくりと開きはじめたではありませんか。

開いた向こうには、ぽっかりと、大きな出入り口があります。

ああ、きっとそうです。これが、この大きな城のなぞとなっていた、ひみつの地下道にちがいありません。

そこから、だれかが、しのび足で出てきました。全身黒いかっこうの男でした。男は前へ進み、手に持ったランタン*のやわらかな光で、図書室の中をてらしました。

「――よし、いいぞ。入ってこい。」

と、男はふりかえり、小声でいいました。

*ランタン…手さげの角形のランプ。

「へい、ボス。」

後ろから、ろうそく立てを持った、八人の男たちが出てきました。かれらも黒ずくめで、ロープのたばや、大きなくぎぬきや、ペンチなどの道具を持っています。

「さあ、急いで、お目当ての物を運びだすんだ。」

と、ボスとよばれた男は、命令しました。

ボスは図書室を出て、あちこちの部屋にある、ごうかな家具や、すばらしい美術品などを見てまわりました。一目で品定めをして、「これがいい」とか、「あれを持っていく」などと、部下たちに指示していきます。

部下たちも、おどろく早さで、それらにロープや布をかけて、そしてしずかに、どんどん、ひみつの地下道に運びこみました。

この城はとても広くて、ドバンヌ氏や使用人たちがねている部屋は、反対側にありました。ですから、多少の物音は聞こえないと、男たちも計算ずみでしょう。

一時間もたたないうちに、ボスが目をつけた物は、ごっそりと消えていました。

「――よし。あとは、ぼく一人で十分だ。おまえたちは、荷物をぼくらのかくれ家に持っていってくれ。」

ランタンの光に男の顔がてらされます。――この人物は、あの天才怪盗ルパンではありませんか！

ルパンの言葉に、部下の一人がすぐさま答えました。

「はい、わかりました。ボスはどうします？」

「オートバイで追いかけるさ。」

そうしてルパンは、足音を殺し、階段を下りました。下の階の広いろう下の真ん中に、古いガラスケースがおかれています。

中には、すばらしいアクセサリーが、たくさん入っていました。どれも世界で一つしかない、めずらしく、そして美しい物でした。上品なダ

イヤのきらめく時計、かがやく宝石の指輪、真じゅの首かざりなどです。

「おお、見事だ！　美しい！」

と、ルパンはうれしそうにいい、短い針金を取りだしました。そして、それで、ケースのかぎを開けると、中にあった物をすべて自分のポケットにつめこみます。

そして、ガラスケースのふたをしずかにしめたときでした。

コツコツ……。

ルパンは、はっとして、耳をすませました。かすかに、小さな、足音が聞こえたからです。ルパンは、ランタンの火をふきけすと、大きなまどのカーテンのうらにかくれました。

それと同時に、この広いろう下に、小がらな人物が入ってきました。

手には、火のついた、ろうそく立てを持っています。その弱い光が、だんだん近づいてきて、ガラスケースを、ぼんやりとてらしました。

「――まあっ!?」

と、その人物が小さな悲鳴を上げました。ガラスケースの中が、空になっているのを見て、おどろいたのです。

「ど、どろぼう……!?」

それは、わかい女性の声でした。

女性は、おどろきとこわさで、よろよろと後ずさりしました。そのまま、気をうしないかけて、ルパンがかくれているカーテンに、たおれかかりました。

「しっ！　声を出さないで。だいじょうぶですか。」

カーテンのうらから、女性をささえながら、ルパンは小さな声でいいました。

「心配ありません、何もしませんから。」

と、ルパンはやさしくいい、ふわりと、カーテンの後ろから出ました。

女性が持っていた、ろうそくの光が、二人の顔をてらしました。

「あっ！」

「おっ！」

おたがいに、顔を見てびっくりしました。

「ネリーさん、どうしてここに。」

先に、声をかけたのはルパンでした。

「べ、ベルモン、さん!?」

ネリーはおどろきのあまり、目を大きく見開きました。ベルモン――自分に絵も教えてくれている画家が、夜中にこんなところにいるなんて――。

「ネリーさん、あなたは、しばらく、親せきの家にいるのでしたよね。」

と、ルパンは、思わずききました。

「お父さまが、『明日、イギリスの有名な名探偵、ショームズさんが来

るから、おまえも会いなさい』とおっしゃって……それで、おそくにもどってきました。で、でも、あなたは……どうして？」

ふるえながらいうネリーの目が、ルパンの洋服のポケットにとまりました。どれも、大きくふくれていることに、気づいたのです。

「……も、もしや……あなたが、どろぼうを……？」

ネリーは、最後までいえませんでした。

そのとき、遠くのほうで、だれかの足音がしたからです。

ルパンも、ハッとしました。使用人のだれかが、深夜の見回りに来たのでしょうか。

ルパンは、ネリーの顔を見ました。かのじょは、助けをもとめて大声を上げるにちがいありません。

しかし、ネリーは、思いもよらない行動に出ました。

「ベルモン、さん……にげて……早く、にげてください……。」

ルパンは、おどろきました。

「どうして？」

「あなたがつかまるのを、見たくありません……。」

そう答えると、ネリーは、ルパンの体をおしました。

ルパンは、まじまじと、かのじょの顔を見ました。その目には、やさしさがにじみでていました。

「ネリーさん、ありがとう。明日の午後三時に、何もかも返します。美術品も、家具も、宝石も……。」

ルパンは小声で、でも、はっきりいうと、ポケットから宝石などを取

りだし、ガラスケースの中にもどしました。
ルパンは、宝石よりも自分のことを思いやってくれるネリーの気持ちに、むねを打たれたのです。そして、その気持ちをうらぎれないと思いました。
ルパンは、ネリーに向かって軽くおじぎをすると、暗やみの中に、素早く、さっていったのでした。
ネリーはその暗やみを、いつまでも悲しそうな目で見つめていました。

4 ドバンヌ氏のいかり

よく朝、ドバンヌ氏は、城の中があらされているのを知って、真っ青になりました。高価な美術品やら宝石やらが、*根こそぎ消えていたからです。

「ルパンだ！　やつが城にしのびこみ、みんなぬすんでいったんだ！」

すぐさま、警官たちがぞろぞろやってきました。そして、城じゅうをくわしく調べましたが、ふしぎな事件でした。

正門とうら門のところにいた見はりの警官は、何も見聞きしていませんし、ドアもまども、どこもこわされていません。

夜おそく、屋しきにもどってきた、むすめのネリーにきいても、何一つ見ていないといいます。

ドバンヌ氏も、ぐっすりねむっていて、まるで気づかなかったので、くやしくて仕方のないようすでした。

「なぜ、この中の宝石は、ぬすまなかったのだ。」

ガラスケースを見て、警官たちはさらにおどろきました。かぎあながこわれているのに、中身は無事だったからです。

また、図書室から消えたはずの、あの古文書二さつが、元あった場所にきれいにならんでいます。それどころか、国立図書館からぬすまれた古文書まであるのです。

警察署長が、ドバンヌ氏にいいました。

＊根こそぎ…根まですっかりぬきとること。そのたとえで、ある物全部、すっかり。

「ルパンは、これらの本を手がかりに、ひみつの地下道を発見したのでしょう。そこから、この城にもぐりこんで、たくさんの物を、外に運びだしたのでしょうな。
もう、これらの古文書は、いらなくなった。それでごていねいに、こうして返したのですよ。ルパンがやりそうなことだ――。」
結局、警察が調べても調べても、どうやってぬすんだのか、まったくわからないのでした。
昼すぎに、事件のことを聞きつけた、ドバ

ンヌ氏の友人たちが、城に集まりました。ブーベル大佐と、ジェリス神父と、そして画家のベルモンもいました。

ベルモンがドバンヌ氏に、なぐさめるように声をかけました。

「ひどい目にあいましたね。ショームズが来る前に、ルパンがぬすみに入るなんて。」

「ああ、たいへんな目にあったよ。」

ドバンヌ氏はくやしそうに答えました。

ブーベル大佐が、からかうようにいいました。

「ベルモンくん。まさか、きみがほんとうにルパンで、それで、城にしのびこんだのではあるまいな。」

にがわらいをしたベルモンは、

「でしたら、警察署長にいって、すぐに逮捕してもらってください。」

と、ふざけるように、両手を前に出しました。

「まあ、ベルモンくんがルパンなら、こんなところにいるはずがないがね。もう、とっくににげているだろう。」

ジェリス神父はいい、首をふります。

こうして、みんなが事件のことを話している間も、ドバンヌ氏のむすめ、ネリーは、じっとだまっていました。そして、たまに、ベルモンのことを、そっと見ていたのです。

ネリーは、ずっと考えていました。

(この方は、ルパンなんだわ。……だとしたら……、午後三時に、ぬすんだ物を、すべて返すといったわ。ほんとうかしら。ほんとうに返し

てくださるのかしら……。)
ネリーは、心配そうに、大きな柱時計を見ました。
午後二時四十五分でした。
……午後二時五十分……午後二時五十五分……。
そして、ついに、午後三時になりました。
柱時計が、ボーン、ボーン、ボーンと鳴りました。
一しゅん、ネリーと、ベルモンの目が合いました。
ベルモンが小さく、ほほえみました。
(ああ！　とうとう約束の時間が来たのに、何も起こらないわ……。)
と、ネリーが思った、そのときです。
「ご主人様！　たいへんです！　早く、げんかんまで来てください！」

さけびながら、ドバンヌ氏の執事が、部屋にかけこんできたのです。

みんなびっくりして、急いで外に出ました。

すると、げんかんの前に、二台の馬車が止まっていました。その荷台には、この城の中からぬすまれたごうかな品々が、すべて、つまれているではありませんか！

「ど、どうしたんだ、これは!?」

ドバンヌ氏が、さけびました。

すると、馬車に乗っていた男が、ぺこぺこしながら答えました。

「へい、だんな。今日の朝、うちの運送会社に電話があってね。近くの森の中にある荷物を、この屋しきに運んでくれというんですよ。

で、行ってみると、これらがおかれていて、びっくりするほどのお礼の大金もあったので、こうして運んできたわけでさあ。」

「だれからの電話だ？」

「さあ。男の人でした。」

ドバンヌ氏が、荷物を見ている間に、ベルモンとネリーの目が、また合いました。

（ほら、ぼくは約束を、ちゃんと守ったでしょう。）

とでもいっているように、ベルモンは、小さくおじぎをしました。

ネリーは、すっと、顔をそむけました。

（約束を守っても、あなたは、どろぼうだわ……。）

かのじょの表情は、そうつぶやいているようでした。

ベルモンはもう一度、軽くおじぎをすると、しずかにその場から立ちさりました。だれも気づきませんでしたが、その目はどこか悲しげでした。

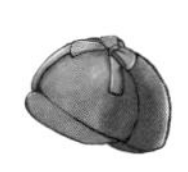

5 名探偵とルパン

「――さあ、もう、ここには用がない。あのハーロック・ショームズ探偵が来る前に、さっさと帰ろう。」

ルパンは、チベルメニル城を出て、どうどうと駅に向かって歩いていました。林や野原や、畑の中を通る小道です。駅への近道でした。

半分ほど行ったときに、向こう側から、背の高い男性がやってきました。パリッとした服装で、外国人のようです。ステッキを持ち、反対の手には、重そうなカバンをさげていました。

その男性が、ルパンの顔を見て、声をかけてきました。

「失礼。チベルメニル城へ行くには、この道でよいですか。」

イギリスなまりのある、フランス語でした。

ルパンは、あいそうよくうなずき、答えました。

「そうです。まっすぐ行ってください。そう遠くありませんよ。ドバンヌ氏や、ほかの方たちが、お待ちかねですから。」

「というと？」

「あなたが来ると、ドバンヌ氏が、さく夜、みんなにじまんしていました。あなたは、名探偵の、ハーロック・ショームズさんですよね？」
「ドバンヌ氏は、おしゃべりですな。」
と、イギリス人は、にがわらいしました。
「ぼくとしては、だれよりも早く、あなたにごあいさつできて、とてもこうえいです。ぼくは、画家のベルモンといいます。あなたの活やくは、このフランスまで、とどいていますよ。」

ルパンは手を出して、カバンをおいた有名な探偵と、あく手しました。

すると、相手は、ちょっと強く、にぎりかえしてきたのです。

ルパンは、内心、ぎくりとしました。

(今のするどい目――ぼくの正体は、見ぬかれたようだ。)

二人は、見つめあったまま、ゆっくりと手をはなしました。

「そういえば、あなたには、お友だちがいましたね。」

ルパンは、目を動かさずに、いいました。

「ウィルソンのことですかな。」

ショームズも、目を動かしません。

「今日はいらっしゃらないのですね。いそがしいのですか。」

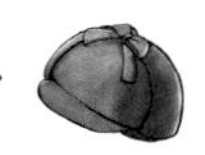

ルパンは、わずかにほほえんでいました。

「そのとおり。医者の仕事もしていますからね。」

ショームズも、かすかにわらったように見えました。

ルパンは、ショームズのカバンを持ちあげ、かれに手わたしました。

「それでは、ぼくは失礼します。また、あなたに会えることを、楽しみにしています、ショームズさん。」

「そうですな。それは、わたしも同じです、ベルモンくん。」

二人は軽くおじぎをし、申しあわせたように同時にぎゃくの方向へと歩きはじめました。ショームズは城へ、ルパンは駅へ——。

これが、世界一の怪盗、大どろぼうのルパンと、世界一の名探偵ショームズの、はじめての出会いとなったのでした。

6 ショームズの推理

ハーロック・ショームズが着くなり、ドバンヌ氏は大よろこびで出むかえました。

そして、少し*決まりが悪そうに、

「先生、さく夜、ルパンがこの城にしのびこみ、たくさんのぬすみをしたのですが――。」

と、この一日の出来事を話しました。

「ルパンは、ガラスケースの中の物は、ぬすまなかったのですね。」

と、ショームズがたずねました。

「そうなのです、ふしぎなことに。」

「たしかに、へんですね。何か、とくべつな理由があるんでしょうね。

……しかし、ぬすまれた物がすべてもどってきて、よかったですね、ドバンヌさん。」

「ほっとしましたよ、ショームズさん。」

「でも、ひじょうにざんねんですね。あなたがさく夜、わたしが来るとみんなにいわなかったら、ルパンはこんなに早く、事件を起こさなかったでしょう。そうすれば、わたしが、ルパンをつかまえられたはずです。」

ショームズが軽くとがめると、ドバンヌ氏は、

＊決まりが悪い…はずかしい。気まずい。

不満気に口をとがらせました。

「わたしが悪いのではなく、ルパンが悪いのですよ。」

ショームズは、ステッキに手をのばしました。

「とにかく、わたしの出番はなくなったようなので、これで帰りますよ。」

「待ってください。ルパンがどうやって、この城にしのびこんだのか、知りたいのです。」

「つまり、ひみつの地下道のありかをさがせと？」

「ええ。」

「いいでしょう、ドバンヌさん。それでは、二時間以内に、すべてを終わらせましょう。」

「二時間？　たった、それだけで？」

「そうです。さく夜あなたがたは、わたしがここへ来ることや、国王ルイ十六世のメモの話をしたのでしょう？」

「そうです。」

「それを知ったルパンは、すぐになぞを解いて、ひみつの地下道を利用したのです。ですから、わたしも、かれと同じくらいの時間で、それを見つけられるはずです。かんたんなことですよ。」

と、ショームズは自信たっぷりにいいました。

「でも、どうやって、ルパンはわたしたちの話を知ったのでしょう。」

ドバンヌ氏はまったく心あたりがないといった顔で、たずねました。

「画家のベルモンですよ。かれはアルセーヌ・ルパンですからね。」

ショームズの言葉に、ドバンヌ氏は、おどろきました。

「ほんとうですか!?」

「ええ。わたしは、ここへ来るときにかれとすれちがい、一目で見ぬけましたよ。ルパンは、何度もこの城へ来ていますね。城の中のこともすっかりわかっていて、図書室から楽々と古文書をぬすんだんでしょうね。ひみつの言葉や、ルイ十六世のメモのことも知ったので、そこから推理して、ひみつの地下道の出入り口を発見したわけです。」

「ああ、あの悪党め！　よくも、わたしをだましたな！」

と、ドバンヌ氏はいかりにこぶしをふるわせました。

「さあ、それでは、わたしたちも、ルパンに負けず、ひみつの地下道を見つけましょう。さく夜、ぬすみのあった場所を教えてください。」

そういうと、ショームズは、ドバンヌ氏といっしょに、城の中をじっ

くりと見ていきました。

しばらくして、図書室に着くと、名探偵は、三さつの古文書を手にしました。それらの図を見て、考えこみながら、

「シシは動き、ウサギはたおれる。そして、つばさが開き、人は神の前にたどりつく……チベルメニル城　2―6―9……。」

と、ときどき上を見ながら、あのひみつの言葉やメモの言葉を何度かつぶやいたのでした。

ショームズのふしぎな行動が心配になり、ドバンヌ氏はたずねました。

「どうですか、ショームズさん。何か、発見はありましたか。」

名探偵は、古文書を本だなにもどしながら、答えました。

「ええ、ありましたとも。というか、どこにひみつの地下道があるか、わたしにはもう、わかっているのです。さあ、これから、ひみつの地下道に入りますから、短いはしごとランタンを持ってきてください。」

ショームズの言葉に、ドバンヌ氏は執事に命じて、それを持ってこさせました。

「だんろ側の本だなの横に、はしごを立ててください。」

と、ショームズはいうと、その場にしゃがんで、じゅうたんを指さしました。

「ここを見てください。ろうそくのしみが、いくつかついています。こ

れは、この本だなのうら側から、数人の男がろうそくを持って、出入りしたあとですよ。きっと、ルパンと、かれの手下たちでしょう。」

「じゃあ、ここに地下道の出入り口があるのですか！」

「ええ。」

短く返事をすると、ショームズは、はしごを上り、本だなの上を、じっくりと観察したのでした。

「――やはり、そうです、ドバンヌさん。」

ショームズは、まんぞくそうにうなずきました。

「なんですか。」

「絵が彫刻された小さなタイルが、少し間を開けて横にならんでいますよ。左から二番目のものは、ライオンの顔の絵になっています。これが、あのふしぎな言葉の中にあった《シシ》であり、《動く》はずなのです。」

そういって、名探偵がタイルにふれて、右に回すと……くるっと動いたではありませんか。

つづいて、手ぎわよく六番目の《ウサギ》のタイルを、左に回し九番目の鳥の《つばさ》のタイルを、手前に引っぱりました。

「《ウサギがたおれ》て、《つばさが開き》ましたよ——。」

そう、ショームズがいったとたん、あっとおどくようなことが起きたのです！

カチリと本だなの後ろで音がして、ガチャリと何かはずれた音がすると、本だながじりじりと、開きはじめたのです。

ショームズは、はしごからさっととびおり、明かりがともったランタンを手にしました。

「さあ、ドバンヌさん。中に入りますよ！」

ドバンヌ氏は、あわてて、名探偵のあとにつづきました。

本だなの後ろは、真っ暗で、大きなほらあなのようになっていました。

すぐに、せまい階段がありました。

「ほら、ごらんなさい、ドバンヌさん。本だなのうら側にも、同じ彫刻のタイルがならんでいますよ。ルパンは、こちら側から、わたしと同じことをして、本だなを開けたのです。

また、横にあるのは、機械やゼンマイじかけです。これによって、本だなが動くわけです。」

ショームズが、次々に指さしていきます。そこには大きな歯車や、チェーンやレバーなどが、ありました。

名探偵は、ランタンを、それらに近づけました。

「ほら。動きやすいように、機械にたっぷりと油がさしてあります。さすが、ルパンです。何十年も動かしていないので、機械がさびていることを知っていたのです。」

「ショームズさん。どうして、本だなのしかけのことに、気づいたのですか。」

ドバンヌ氏は感心して、たずねました。長年、だれにもわからなかったなぞを、この名探偵が、いともかんたんに解きあかしたからです！

「古文書の図、それにじゅうたんにあったろうそくのしみから、図書室に出入り口があるとはわかりました。出入り口のしかけについては、ルイ十六世ののこした、メモがヒントです。あの王様は、*錠前作りがしゅみで、こういったしかけもすきそうですからね。

2―6―9というのは、あの彫刻されたタイルの中で、かぎとなる番号を、しめしていたわけです。

よく見てみると、タイルの左から二番目が《シシ》、六番目が《ウサギ》、九番目が《つばさ》の絵になっていました。ですから、

あの『ひみつの言葉』が、これらのタイルのことを指しているのだと、わたしにはすぐわかりました。」

「そ、そうでしたか！」

「じゃあ、行きますよ、ドバンヌさん。」

名探偵がランタンで道をてらし、二人は、石かべの間を進みました。

空気はかびくさくて、ひんやりしています。

少し行くと、階段になりました。とちゅうに短い通路があり、また、階段というふうにつづいています。

＊錠前…戸や入れ物などが、開かないようにする金具。

長くてせまい通路を進むと、石でできた天じょうやかべから、水がしみだしていました。

「どうやら、ここは、城のおほりの真下のようですね。ルパンとかれの手下たちも、ここを通ったわけです。しかし、こんなせまいところを、大きな物までたくさん運ぶとは、手なれたものです。」

歩きながら、ショームズは、ドバンヌ氏にいいました。

ろう下が終わり、階段があらわれました。今度は上りです。ドバンヌ氏は息を切らしていますが、名探偵は軽々と上がっていきます。

階段を上りきった先は、行き止まりでした。

「さあ、ちょっとした冒険は終わりです。」

そういって、ショームズはランタンを高くかかげ、ひくい天じょうを

光でてらしました。

「やはり、そうだ。ドアを開けるかぎのタイルは、天じょうに取りつけられていますよ。本だなの上のタイルと同じ絵が、これらにもほってあります。」

名探偵は、二番目、六番目、九番目の石のタイルを動かしました。

カチリ、ガチャン。

機械が動く音がし、そして最後に、ゴロゴロと音を立てて、目の前の石かべがドアとなって開いたのでした！

外に出てみると、そこは、こわれかけた、小さな建物の中でした。

「ああ！　ここは、池の横にある*礼拝堂です。」

と、心のそこからおどろいたようにさけぶドバンヌ氏に、

*礼拝堂…人々が集まって、神にいのるための建物。

「ええ。ぼくは、地図(ちず)を見(み)たときに気(き)づいていましたよ。」

と、ショームズはあっさりといったのでした。

7 ショームズのちかい

ショームズとドバンヌ氏は、礼拝堂の外に出ました。名探偵は、まんぞくそうにいいました。

「あのなぞの言葉ですが、おしまいの部分は、《人は神の前にたどりつく》でしたね。これが、そのことです。礼拝堂は、神様をたたえるところですからね。」

「いやあびっくりです、ショームズさん。こんなところに、ひみつの地下道の出入り口があったとは！」

「わかってみれば、かんたんなことですよ、ドバンヌさん。」

城
図書室
ほり
礼拝堂

チベルメニル城
ひみつの地下道

「そんなことはありませんよ。ショームズさんのような名探偵でなければ、ぜったいに解けないなぞでした。あなたの頭脳は、ほんとうにすばらしい！」

「ドバンヌさんは、いつも、礼拝堂や本だなを、ただ見ているだけですね。一方、わたしは、どんなものでも、くわしく観察するのです。そして、わたしは、いくつかの手がかりを一つにむすびつけて考えます。そうした頭のはたらきが大事であり、そういうことができる者こそが、よい探偵というわけなのです。」

と、ショームズはほこらしげにいいました。

「たしかに、あなたは名探偵だ！　推理の天才だ！」

ドバンヌ氏は、大いにほめました。

「しかし、わたしと同じことを、ルパンもできたのですよ。かれも、古文書とドバンヌさんたちとの会話からひみつの地下道を見つけだし、城へぬすみに入ったのですからね。

わたしが天才なら、あの男も天才です。大どろぼうですが、ものすごく頭のよい人間であることは、たしかです。」

ショームズが、そういったときでした。礼拝堂の前にある道を、一台の車が走ってきます。

「おや、あれはわたしの車だぞ――。」

と、ドバンヌ氏が、*けげんな顔でいいました。

車は、二人の横で止まりました。

ドバンヌ氏は、ドアを開けた運転手にたずねました。

*けげん……よくわからなくて、ふしぎに思うようす。

「おい、だれが、ここへ来いといったんだ？」

「画家のベルモンさんですよ、だんなさま。」

と、運転手は答えます。

「ベルモン？」

ドバンヌ氏は、みけんにしわをよせました。

「ええ。先ほど、パリにお出かけになるネリーさまを駅にお送りしまして、その帰りに、ベルモンさんにお会いしました。

そうしましたら、だんなさまと、そのお友だちが礼拝堂で待っているから、二時間後にむかえに行ってほしいとおっしゃいました。それで、こうしてまいりました。」

運転手の話を聞いて、ショームズとドバンヌ氏は顔を見合わせました。

「ショームズさん。ベルモン――いや、ルパンは、あなたが二時間ほどでなぞを解いて、ひみつの地下道を見つけだすことを、ちゃんと予想していたのですか。

つまり、あいつは、あなたがすばらしい名探偵だと、しっかりと、みとめているというわけですか。」

ドバンヌ氏は、信じられないようすでいいました。

「どうやら、そのようですな……。」

そういったショームズは、どことなくうれしそうな表情をしました。

「そういえば、ショームズは、城へ来るとちゅうで、あいつと会って、あいさつをしたとおっしゃいましたね。どうして、つかまえなかったのですか。」

と、ドバンヌ氏は思いだして、たずねました。

「なあに、あの出会いは、ただのぐうぜんです。かれが悪いことをしている最中でもないし、証拠もない。そんなかたちで、わたしはかれと

戦いたくなかった。それだけのことですよ。」

と、名探偵は、にやっとわらって答えました。

「ショームズさん。せっかく、ルパンが車を回してくれたんです。使うことにしましょうか。城へもどりましょう。」

ドバンヌ氏はいい、二人はドアを開けて、車の後ろに乗りました。

走りだす前に、運転手は、小さなつつみをショームズにわたしました。

「失礼しました。これを、ベルモンさんからあずかっていました。だんなさまのお友だちに、おわたしするようにと。」

「なんだろう。」

ショームズは、つつみを受けとり、まわりの紙をはぎとりました。

「あっ。これは、わたしの懐中時計*だ――。」

*懐中時計…くさりなどにむすびつけ、洋服のポケットなどに入れて持ちはこぶ、小型の時計。

ショームズは、あまりのショックに、息をのみました。

いっしょに手紙が入っていて、そこには、こう書いてありました。


そんけいするハーロック・ショームズ先生へ

さきほどは失礼しました。

あなたにカバンをおわたしするときに、うっかり、あなたの上着のポケットから、この時計をとってしまいました。

おわびして、お返しします。

アルセーヌ・ルパン
Arsène Lupin

「やったな、ルパンのやつめ！」

名探偵は、大声を上げたかと思うと、わらいはじめました。

「ほんとうに、すごいどろぼうですな、あのルパンは。あなたから時計をすりとるなんて。」

あっけにとられているドバンヌ氏に、ショームズはほほえみました。

「ええ、ドバンヌさん。かれは、世界一の怪盗だ。そして、すばらしくおもしろい人物だ。かれは、わたしにとって、最大のライバルということがわかりました。

わたしたち二人は、またどこかの事件で顔を合わせて、戦うことになるでしょう。そのときには、ぜったいに、わたしはあいつを負かし

てみせますよ。」

世界一の名探偵、ハーロック・ショームズは、力強くちかったのでした。

そうなのです。このあと、ルパンとショームズは、『８１３』事件や『奇岩城』事件などで、何度も、頭脳と頭脳の戦いを、くりひろげることになるのです。

それは、いつかまた、べつの本でごしょうかいしましょう。

（「あらわれた名探偵」おわり）

怪盗紳士と名探偵の対決！

編著・二階堂黎人

この物語の主人公、アルセーヌ・ルパンは、変装の名人で、大どろぼうで、怪盗紳士とよばれています。

ルパンがぬすみをする相手は、悪い政治家とか、いばっている金持ちとかに決まっています。そして、かれは、か弱い女性や子どもたちの味方で、こまっている人に出会うと、全力で守ってあげるのです。

だから、怪盗紳士とよばれ、みんなから人気があります。しかも、かれは、名探偵のように頭がよくて、行動的で、ふしぎななぞをあばくのが大すきです。

そんなルパンの小説を書いたのは、フランスの作家、モーリス・ルブランです。二十さつ以上ありますが、どれもわくわくするようなみりょくがあり、たいへんおもしろく、日本をふくめ、世界じゅうのミステリー・ファンがほめてきました。

この本に入っている「古づくえの宝くじ」は、ルパンシリーズ第二作『アルセーヌ・ルパン対ハーロック・ショームズ』から取りました。

ルブランがルパンを書きはじめたころ、イギリスではコナン・ドイルが書いた名探偵シャーロック・ホームズの小説が大人気でした。そこで、ルブランは、「ルパンとホームズが戦ったらおもしろいぞ」と考え、第一作の短編集『怪盗紳士ルパン』の最後に「おそかりしホームズ」を書いたのです。それが、この本の二番目「あらわれた名探偵」です。

その後、ドイル側から「勝手に、ホームズを使わないでほしい」といわれたルブランは、《シャーロック・ホームズ》という名前を《ハーロック・ショームズ》と書きあらためました。世界一の名探偵と、世界一の怪盗紳士の最初の出会いが、ここにえがかれているわけです。そして、二人は、『奇岩城』や『８１３』といった事件でも、頭と頭を使った戦いをくりひろげます。二人の勝負の行方――それはまた、べつの本でごしょうかいできたらいいな、と思っています。

もっと もっと
お話を読みたい子に…

10歳までに読みたい世界名作 シリーズ

ここでも読める! ルパンのお話

怪盗 アルセーヌ・ルパン

大金持ちから盗みをはたらくが、弱い人は助ける怪盗紳士、アルセーヌ・ルパン。
あざやかなトリックで、次々に世界中の人をびっくりさせる事件を起こす!

ISBN978-4-05-204190-7

Episode 01 怪盗ルパン対悪魔男爵

古城に住む男爵に届けられた、盗みの予告状。差出人は、刑務所にいるはずのアルセーヌ・ルパン！ ろう屋の中のルパンが、どうやって美術品を盗むというのか!?

Episode 02 怪盗ルパンゆうゆう脱獄

「裁判には出ない」といいはなち、ろう屋からの脱走を予告するルパン。そしてルパンの裁判の日、たくさんの人の前にあらわれた男は、まったくの別人だった!?

お話がよくわかる!
『物語ナビ』が大人気

全2作品
＋
物語ナビ付き

カラーイラストで、登場人物やお話のことが、すらすら頭に入ります。

ISBN978-4-05-204062-7

編著　**二階堂黎人**（にかいどう　れいと）

1959年東京都生まれ。90年、第１回鮎川哲也賞で『吸血の家』が佳作入選。92年、『地獄の奇術師』（講談社）でデビュー。推理小説を中心にして、名探偵二階堂蘭子を主人公にした『人狼城の恐怖』四部作（講談社）、水乃サトルを主人公にした『智天使の不思議』（光文社）、ボクちゃんこと6歳の幼稚園児が探偵として活躍する『ドアの向こう側』（双葉社）など、著書多数。大学時代に手塚治虫ファンクラブの会長を務め、手塚治虫の評伝『僕らが愛した手塚治虫』シリーズ（小学館）も発表している。

絵　**清瀬のどか**（きよせ　のどか）

漫画家・イラストレーター。代表作に『鋼殻のレギオス MISSING MAIL』『FINAL FANTASY XI LANDS END』（ともにKADOKAWA）、『学研まんがNEW日本の歴史04-武士の世の中へ-』『10歳までに読みたい世界名作12巻 怪盗アルセーヌ・ルパン』（ともに学研）など。

原作者

モーリス・ルブラン

1864年、フランスのルーアンに生まれた、推理、冒険小説家。
1905年に「怪盗ルパン」シリーズを出し、世界中の人々に読まれるベストセラーとなる。

一部地図イラスト／入澤宣幸（ラムダプロダクション）

10歳までに読みたい名作ミステリー

怪盗アルセーヌ・ルパン
あらわれた名探偵

2016年9月６日　第１刷発行
2022年5月12日　第８刷発行

原作／モーリス・ルブラン
編著／二階堂黎人
絵／清瀬のどか
装幀デザイン／相京厚史・大岡喜直(next door design)
巻頭デザイン／増田佳明(next door design)

発行人／小方桂子
編集人／工藤香代子
企画編集／松山明代　髙橋美佐
　　　　　石尾圭一郎　永渕大河
編集協力／勝家順子　上埜真紀子
ＤＴＰ／株式会社アド・クレール
発行所／株式会社学研プラス
〒141-8415 東京都品川区西五反田2-11-8
印刷所／株式会社広済堂ネクスト

この本に関する各種お問い合わせ先
●本の内容については、下記サイトのお問い合わせフォームよりお願いします。
https://gakken-plus.co.jp/contact/
●在庫については　Tel 03-6431-1197（販売部）
●不良品（落丁、乱丁）については　Tel 0570-000577
学研業務センター　〒354-0045　埼玉県入間郡三芳町上富279-1
●上記以外のお問い合わせは　Tel 0570-056-710（学研グループ総合案内）

NDC900　170P　21cm

学研グループの書籍・雑誌についての新刊情報・詳細情報は、下記をご覧ください。
学研出版サイト　https://hon.gakken.jp/

VEGETABLE OIL INK
この本は環境負荷の少ない下記の方法で制作しました。
●製版フィルムを使用しないCTP方式で印刷しました。
●一部ベジタブルインキを使用しました。
●環境に配慮して作られた紙を使用しています。

物語を読んで、
想像のつばさを
大きく羽ばたかせよう！
読書の幅を
どんどん広げよう！

シリーズキャラクター
「名作くん」

ふふふ…。
「10歳までに読みたい名作ミステリー
怪盗アルセーヌ・ルパン」シリーズ5さつを
読んだら、ひとつの言葉になるのだよ。
ちょうせんしたまえ。

メ ル ？ ？ ？ ？